蓝色沙漏

崔小芮 · 著

天津出版传媒集团

百花文艺出版社

图书在版编目（ＣＩＰ）数据

蓝色沙漏 / 崔小芮著. —— 天津：百花文艺出版社，
2024.1
ISBN 978-7-5306-8689-8

Ⅰ.①蓝… Ⅱ.①崔… Ⅲ.①幻想小说–中国–当代
Ⅳ.①I247.5

中国国家版本馆 CIP 数据核字(2023)第 232355 号

蓝色沙漏

LANSE SHALOU

崔小芮 著

出 版 人：薛印胜		
选题策划：成　全	责任编辑：成　全	
装帧设计：丁莘苡	营销专员：王　琪	

出版发行：百花文艺出版社
地址：天津市和平区西康路 35 号　邮编：300051
电话传真：+86-22-23332651（发行部）
　　　　　+86-22-23332656（总编室）
　　　　　+86-22-23332478（邮购部）
网址：http://www.baihuawenyi.com
印刷：天津鸿景印刷有限公司
开本：710 毫米×1000 毫米　1/32
字数：53 千字
印张：5.625
版次：2024 年 1 月第 1 版
印次：2024 年 1 月第 1 次印刷
定价：28.00元

如有印装质量问题,请与天津鸿景印刷有限公司联系调换
地址:天津市武清区梅厂镇财源路 1 号
电话:(022)29300192
邮编:301701

作者简介

崔小芮

本名崔书馨。作家。著有《未来之夏》《瑾年秀时》，合著有《分享经济重构未来》《九座城市，万种未来》。虎嗅、爱范儿、界面等媒体专栏作家。作品《深海之冰》发表于《科幻立方》2020 年第 1 期，入围第十九届百花文学奖·科幻文学奖。

献给我的，已经走出时间的爷爷、奶奶、外公、外婆，我爱你们。

目录

01

雨疏风骤

罗兰记不清这是第几次和张植念吵架了。张植念再一次摔门而去。

　　罗兰这次没有像往常一样跑出去追赶，按照惯例，张植念每次都是重重地摔门而去，跑到电梯间之后就放慢速度等着罗兰追上。他们习惯这样在歇斯底里的同时给对方留有一丝空间和余地，毕竟谁也不想真正分开，每次吵架也不过是测试而已，测试对方是否依然还爱着自己，测试自己到底会不会真的一走了之。

这次，直到走到电梯间，张植念发现罗兰都没有像从前那样心急火燎地追上来，不甘心的张植念心中的怒火燃烧了起来，感觉到自己的脸在发烫。

从前的罗兰一看到张植念的脸色稍有不对，就开始在脑海里快速"搜寻"究竟是自己哪句话说得不对还是哪里做得不好。

是自己干预了张植念的实验方式？是自己给了张植念本来不需要的实验？

还是自己太想早早跟张植念私订终身，恨不得马上就白头到老？

如果发现以上这些都不是，罗兰会抓狂，他会按照之前求婚的计划给张植念准备一场惊喜，毕竟没有别的办法的时候，至少还能表现自己的诚意。真爱最需要的就是诚意，只要诚意十足，就没有不原谅的道理。

张植念也很容易被哄好,因为她是真心爱着罗兰,她总觉得这一切都是命中注定的。两个人好像在相识之前就已经无话不谈了。

　　对于张植念来说,让他们一次又一次从宣告分手到和好如初的,是曾经在一起的那些美妙片段。

　　在阿尔杰博士看来,走到象牙塔塔尖的人并不多见。

　　张植念和罗兰都是一个博导的学生。博导看他们性格差异很大,就想着或许他们可以在灵感上互补,并且碰撞出不一样的火花。

　　张植念第一天在实验室就崩溃了,她是一个讲究效率和质量的人,浩瀚的数字资料、海量的未知信息,让她的焦虑情绪涌了上来,但是眼前的罗兰是那么不紧不慢。

　　"你在做什么?实验报告中你负责的部分还没有交给我。"

"我在看图像小说。"

"漫画?"张植念皱紧眉头对罗兰说。

"图像小说就是图像小说,不是漫画!你作为博士,用词要精确一些。"罗兰开始想方设法用语言激怒张植念,希望张植念闭嘴。

张植念深呼吸了一次,平静地坐在罗兰旁边,用了零点几秒的时间抢下了罗兰的图像小说。

"人类所有对抽象问题的争论都是名词之争,你不要这样无聊,要知道我们自己身上的使命是什么。"

"让人们拥有最美好的记忆,告别痛苦的情绪,告别让自己的天空永远都有阴霾的小忧郁吧。"罗兰说。

罗兰在和张植念的对话中慢慢平静。张植念总是会软硬兼施让他人妥协,用正确的态度妥协。

"美好的回忆,什么是美好?都已经是回忆

了为什么还觉得美好？这难道不是一种怅然若失的心情？"

"你看你狭隘的样子，真不像一个新生代的科学家。失去也是一种得到！如果我们永远都在一个画面里，或者在一段觉得愉悦的时间里面长期留存，那么这和平面照片或者影像记录又有什么区别呢？就如影像视频一直在那里播放，我们的意识永远停留其中。"

"就像永远被注射多巴胺吗？但是多巴胺之所以能让人快乐是因为波动，而不是一直维持某一个值。"

"你看你又没有喝牛奶，冰牛奶让博士们神清气爽，温度和营养都够了。"罗兰对张植念说。

"你先喝。"张植念说。

"先放在你的桌上了，这个杯子，送给你了。"罗兰说。

张植念把埋在数据里的目光移开，落在了杯子上。

"你要送我一个跟你一模一样的杯子？"张植念笑着问。

"是啊，我看我这个杯子也很适合你。而且你看这个杯子上的沙漏，我觉得很漂亮也很有创意，这就是在暗示着时间如水，我们要好好把握时间。"罗兰说。

"把握时间做什么？"

"想做什么就做什么咯，比如我送你杯子，比如我们被分到一个实验室，比如我们都决定当博士，比如……"

"你怎么还倒叙了？"

"都一样，时间一段一段的，但是真正让我感慨的东西没有变过。"

张植念看着杯子上的沙漏，她觉得这像是时

间的隐喻,也是两个人另一种关系的开始吧。张植念也有了喜悦的感觉。她从来没有怀疑自己为什么会这样想。

　　焦急又愤怒的张植念看了看手机,依然没有罗兰的信息,她的心头像是几百万只蚂蚁在撕咬,她每回想一次两个人的过去,心脏好像就被蚂蚁啃出了血,血淋淋的感觉,但是又无法释放。更奇怪的是,在电梯间里手机的信号居然能消失,张植念按下了所有楼层的按键,希望在某一个楼层看到罗兰追上来的影子。但是电梯门每打开一次,张植念就失望一次。她不仅没有看到罗兰的影子,就连手机也没有信号。她宁可相信罗兰给她打了电话,是由于信号的原因她没有接到。

　　但是,在这个时代已经很少会有手机信号消失的情况了,只要活着就没有人会失联。作为一个青年科学家,她不能用这种不合理的方式自欺欺人。不联系的原因只有一个,那就是你不再被别人需要了。这种需要可能是情感上的,也可能是物质上的,更可能是利益上的。张植念不想相信罗兰和她之间有什么利益关系,她只希望罗兰也是被一时的脾气冲昏了头脑。

但是作为一个曾经陷在爱里的女生,她知道直觉的重要性,她也知道只有做好最差结果的准备,自己才不会抑郁自杀。

最终的结果,准确地说是这个时间范围之内两个人之前的缘分已经到了尽头。

02

烈日当空

张植念发觉他们的爱情或许已经到了尽头，因为之前的罗兰从来不会一走了之。

　　这次是因为他们的孩子出现了一系列身体问题。张植念和罗兰在 27 岁的时候打算彻底打破丁克一族的计划，没想到医生告诉张植念，罗兰的身体出现了危及生命的问题。虽然现在医学发展的水平可以治疗一切威胁到人生命的疾病，但是这次罗兰的疾病有了变异的倾向。医生可以让孩子顺利降生，但是无法保证孩子能够活到

20 岁。她出生之后会由于基因问题,在 20 岁左右心肺系统出现衰竭。

"那我们可以用移植健康的心肺来替换她未来会衰竭的心肺,这项技术早就可以实现了,难道有什么问题吗?"高大健壮的罗兰对医生说话的时候已经开始抽泣,张植念在旁边紧紧地捏着自己的胳膊,强忍着告诉自己在罗兰绝望的时候,自己更要表现出坚强。

"她的问题不仅仅出现在心肺,是她的身体就无法与心肺共生,我们已经组织全球的专家在排查,尽快找到导致这个问题的根本原因。"

"别闹了,要你们查要查到什么时候!能治疗至少也要在几年之后,你们真让人绝望!"罗兰此前优雅青年科学家的形象尽毁。

张植念把罗兰拉回家。

"我还是想要这个孩子。"张植念说。

"我也是。我们一起克服困难。"

他们抱着孩子的那一刻，像是接过两个人明天的命运。

虽然他们每天都很快乐，但是这种快乐是倒计时式的。

第一次噩梦是在罗林 3 岁的时候。那个时候罗林很软，这个奶声奶气的人类幼崽，粉扑扑的格外惹人爱怜。张植念看着罗林的时候常常会发呆，心想，这个小东西在我的身体里长大，她就是属于我的生命，我要让她过上开心的日子，从她刚出生的那一刻开始。

但如今，躺在病床上的罗林紧紧闭着眼睛，两天前还是一个精力过于旺盛而让张植念和罗兰有些宽慰的孩子。当时张植念甚至侥幸地在想，罗林是不是从死神的眼皮底下逃过去了。而 3

岁的宝贝却突然高烧,口唇青紫,呼吸困难。送到研究所急诊室后,为了缓解罗林的缺氧症状,医生进行了气管插管,随后就转入了重症监护病房。

很快,各项检查结果出来了,罗林确实患有重症肺炎、急性呼吸窘迫综合征、金葡菌败血症、脓毒性休克、脓毒性心肌抑制。

罗林的病情来得这么快,这么凶猛,是他们万万没想到的,也是难以接受的。看到医生推开重症监护病房的大门,张植念立即迎上去询问:"医生,我的孩子到底怎么样了?"

"目前孩子病情危急,常规的治疗手段效果不好,需要使用 ECMO 支持。ECMO 是体外膜肺氧合技术,也是目前重症救治的顶尖支持技术,就是在体外用膜肺氧合器替代肺的功能,让孩子的肺能在治疗期间进行休息,最大限度地降低肺损伤,保护肺功能,同时给予心脏功能性支持。"

"那,那通过这个治疗就可以恢复吗？"张植念声音有些颤抖，还伴有一丝丝从心底划过的不确定性。

罗兰皱着眉头叹息着，这些仪器可能永远要伴随着罗林，只要她能顺利地活下去，中间这些挫折就当作是人生的插曲。

他们扬言可以做到以前不可能做到的事情，但是什么都没有证明给我们看。现代的大师们很少承诺，他们很清楚点石不能成金，长生不老只不过是痴人说梦。但是正是这些双手只会在脏东西里头搅和，眼睛只会盯着显微镜和坩埚的科学家在创造着奇迹。他们洞悉自然的内部，并向人们揭示自然界运作的奥秘。他们研究太空，发现了血液循环的规律,并发现了我们所呼吸的空气的本质。他们已经掌握了新的、几乎是无限的力量:他们可以控制天上的雷电,模拟地震,甚至可以模拟人们看不到的世界和那里的幽灵。

罗兰总会给罗林读《弗兰肯斯坦》里面的字句,说这才应该是生命的真谛。

"生命的真谛?"罗林瞪着褐色的大眼睛,睫毛一闪一闪。

"拥有和失去,爱与被爱。

"即使会失去,也还是要去爱。

"这是生命中最值得庆祝的。等到真的离开这个世界的时候才能真正对自己说,我把该爱的都爱过了,该做的都做过了,不枉此生。"罗兰说。

"用别的手段让她终结一切痛苦吧，如果她无法避免反复被冰凉的医疗器械折磨的话。"罗兰说。

"你在说什么！当年我们那么坚定地让她在世界上降临，我们明知道自己的命运会因为她而改变，我们在一起经历了这么多，现在你在她如此艰难的时刻竟然想让她安乐死？

"你想过她的幸福吗？你为什么不问问她的想法？真正的幸福不是结束，而是开心地过平凡、哪怕是看起来重复的日子。"

"你认为以她的身体情况，她还有理智为自己做选择吗？"

"那你为什么认为她更希望自己的生命停止呢？你认为的不会受苦对她来说就真的有意义吗？你怎么知道她不想闻到花香，不想去世界各地冒险,不想奋不顾身地爱一个人呢?"张植念激动地说。

"奋不顾身之前,难道自己不先预测一下风险吗?"罗兰说。

"你以为任何东西都能像数据一样精确计算,并且给出多元回归的关系吗?我们的幸福与什么有关,对我们来说最有意义的事情是什么,我们一生中最难忘的回忆在哪里,你和我对于她来说究竟是什么样的存在,这些都要等她长大之后回忆的时候才知道!人生就像沙漏,回忆就是颠覆之后再流出的过程,只有自己回忆的时候才能完整地浏览自己的一生。"

张植念在电梯里反复回忆着他们这十年来是如何一步一步走到刚才那样分崩离析的地步,因为罗林的病,因为对孩子命运的安排。

张植念希望罗林继续接受医学治疗,哪怕中途有更多的痛苦,但是总要有积极的心态面对未知,这是对自己生命的负责。

　　罗兰不希望罗林受苦,他知道罗林病情的严重程度,知道到最后一切可能也只是徒劳。

03

春风夏雨

张植念深吸了一口气,觉得自己从鼻腔到肺部都是冰凉的感觉,缓缓睁开了眼睛,在脑科学治疗师阿尔杰博士的指引之下醒来。

　　"你刚梦见罗兰了,对吗?"

　　"对。"

　　张植念如大梦初醒,她摸了摸自己的脸,脸上都是冰凉的泪水。她明白了自己为什么在梦中手机是没有信号的,因为无论是故事里的他们,还是现实中的他们,都没有以后。

张植念感受着空调散出的冷气，窗外斑驳的树影丝丝密密地洒下来，闪闪晃晃地不经意间闯入从心跳加速到平静的内心。张植念触摸着发丝，在心里问自己肉体和意识究竟哪个更真实。在狭窄的空间中体验辽阔的精神世界？还是在真实的世界中体验狭小的真实。绝望、孤独、微妙的幸福，所有的感觉都是内心的映射，张植念的眼神越发空洞。阿尔杰博士不忍心直视张植念绝望的眸子，她的眼神充满了下一秒就可以放弃人生的绝望。

　　张植念时常思考，我们的记忆是否存在另一个去向，就像时间一样流逝、死亡一样沉默，藏匿在某个深不可测的丛林里？那片丛林郁郁葱葱，被深绿遮盖，看不到尽头。她迷失方向，却记得之前明明有人陪伴左右。那人对她承诺，跟我一起走，先过浅浅沟壑，前面就会是开阔美景。

　　但是，他们两个人之间有人先放手了。

张植念说："我之所以觉得爱情不可或缺,是因为这是人类区别于机器的根本,情感不应该消亡,这是人类最动人心弦的精神内核。在收到喜爱的时候,知道人生的意义;在被抛弃的时候,会思考是不是再痛一些就能明白生命的真谛。爱与被爱是虚无的,而宇宙之真理便是从疯狂扩张、欲望膨胀到虚无的过渡,达到能量的平衡,最终一切归于宁静。"

　　阿尔杰博士说："我们在你的丈夫死后调取了他的记忆,发现他之前对你说了谎。"

　　"什么谎言?"

　　"关于你们的孩子,其实当时导致孩子心肺有问题的主要原因是你,但是罗兰没有选择把实情告诉你,他替你隐藏了全部的不幸,因为他最确定的就是爱你。"

　　"在我?"张植念说。

"是的,主要是你的身体问题所导致的,但是他觉得是谁的原因都不重要,重要的是如何解决问题。他太爱你了,选择自己承受这一切,包括心理上的压力。"

张植念说:"那为什么他最后一次没有出来追我,让我一个人走掉?"

"他的生命数字信息显示,只有如此你才会放手,我们根据他记忆中你们共同的行为数据进行建模,发现了这个规律。每一次你回头都是因为他去追你,他去追你也是因为知道你会等他。这次他希望你不要等了,就没有再去追你,这样,悲伤的故事才会结束。因为那个时候罗兰被诊断出绝症,他实在不想拖累你。"

她好像突然触摸到生命潜流中的某处陷阱,感受到一阵沉钝的刺痛感,仿佛是一根刺,直到此刻才传递出痛感。罗兰同时也隐瞒了自己的病情，宁可让张植念恨他，也不愿意、不舍得让张植念因为伤心过度而整日以泪洗面。

张植念在医疗诊室里不停地抽泣，原本瘦削的身形变得更加虚弱，像一个扁扁的影子，勾勒出夕阳的形状，这时的夕阳好像被刺破了的蛋黄，橙红色的、黏腻的蛋黄快速地渗透出来，好像张植念独自承受着哀伤，释放的血色。

张植念不敢相信一个陪伴了这么久的人，就这样凭空地消失在自己的生命里，原本以为和罗兰的日子，都是美好地向前行进，但是他的离开，让自己感觉人生是在倒计时，倒数着来到自己生命的最后一天。

"如果你太痛苦的话，可以申请改变数字信息，从而改变你们意识交互的方式，让你们的回忆一直停留在某一个时间段，你们的幸福会一直在那个时空里存在，每次你想回忆的时候都可以调取。"阿尔杰博士说。

阿尔杰博士说："如何改变数字信息？改变了之后又有什么用呢？"张植念抽泣着说，吐出的字很难连贯成一个完整的句子。

"改变数字信息，就能够重新构建你们记忆中的图景，人的思维在未被数字化呈现之前是没有形状的，无法找寻记忆的痕迹。但是一旦被数字化建模，思维就有了形状，一切就会有迹可循。"

"牛奶杯子。"阿尔杰博士接着说。

张植念惊奇地看着阿尔杰博士说："你怎么知道牛奶杯子？"

"它是你们的定情信物，非常普通的东西，但是代表了你们一生爱情的记忆。上面有一个小小的、精致的沙漏，代表了时间和珍贵的记忆。"阿尔杰博士说。

"你都看到了？"张植念问。

"当然,这个画面在数字建模的优先级最高,是我根据罗兰的脑中信息识别出来的。这个异常简单的杯子,在他的脑海里出现的时候,他的多巴胺就会升高,他……在弥留之际总是反复地在怀念这个东西。"阿尔杰博士说。

"真是一个有意思的人, 他居然没有想我的面庞。"张植念有些不高兴地说。

"当然有想,想你们一家三口的面庞。"阿尔杰博士说。

"你见过我们的女儿了？"张植念惊喜地说。

"是的,一个精彩的、活过的人,或者说一直在活着的人。"阿尔杰博士笑着说,"好像她的人生真的没有一丝丝遗憾。"

"我现在无法从你的言语中判断这个人是否还活着,毕竟我们对生和死的概念如此不同。"张植念说。

"从科学角度而言,人靠意识去想象未来,进而创造一个新世界,物理世界创造数字世界,数字世界可以影响人的意识世界,科技已经完全可以做到用数字世界对物理世界进行建模,然后将建模的画面通过接口映射到你的头脑当中,你会再一次感受你们记忆中最快乐的部分。

"在意识世界中,记忆本就是最神奇的密码,在数字世界里记忆变得神秘、诱人而神圣。记忆是形象的充裕,也是所有未来图景的源泉,是一片充满可能性的海洋,如此不可估量,让我们不再拥有任何彼岸。而回忆则是向着遥远的海岸启程,但同时是全然的近处,是可以有自我塑形的生动性。

"有时候你总会根据自己的喜好,让回忆本身有了优先级。你们第一次见面的那个季节,好像是夏天,因为脸颊炽热;坠入爱河的那一天,你的眼中只有他站在那里朝你浅笑的模样;吵架之后,挤不进去的电梯和大雨瓢泼时狼狈的样子;你们爱的结晶——罗林,正式成为你们家庭的一员;那年罗林突发高热的时候,你们的悉心照料和饭菜的香气。

"她从来不是循规蹈矩的孩子,她喜欢冒险。她知道自己的身体经常需要被他人照顾,便把整日佩戴的安全手环调高了危险报警的等级,只因为她不想打扰别人。"阿尔杰博士对张植念说。

张植念说:"是啊,她就是这样一个孩子,从来都是考虑别人的感受。或许不是,或许是她更加热爱自由。"她沉浸在回忆中,眼角已经有了泪痕。

阿尔杰博士说:"每个记忆都不是单一的,当我们重新构建它时,你会记起那个眼神、那个场景,甚至那句话、那个味道。

"人类大脑的记忆能力令人惊叹。但是,目前科学研究还未能确定记忆究竟是如何在大脑中形成和储存的。记忆更可能是构建在大脑复杂神经网络上的综合过程，涉及突触可塑性、神经回路重组以及多区域网络协同配合等机制。记忆的形成牵涉加工和重新组织各种信息，使之成为一个有意义的整体，并能得到巩固。不过，这需要全脑不同部位的协同参与。

"总之，记忆是一个系统性的过程，科学家需要深入研究大脑神经网络整体的运作规律，包括突触可塑性、神经回路重构等机制，以揭开人脑记忆能力的奥秘。"阿尔杰博士随后补充道。

"记忆对我来说真的很重要，这是所有人类最终的财富。"张植念说。

"我们信以为真的记忆真的可靠吗？记忆是一回事，回忆是另外一回事，当你回忆的时候，却不像打开文件那样简单。因为人们在回忆的同时也在记忆，这就导致了知识的更新，大脑自动用回忆把原来的记忆覆盖掉了，一旦在回忆的某一刻发生了偏差，记忆就错乱了，大脑为了让自己以为的是正确的，甚至会想象出一些没有的场景加以修饰，融合到记忆里。

"我们几乎没有一份精准的记录可以用来做对比，因为没有参照物，所以没有理由怀疑记忆中的细节。之所以伴随着年龄增大出现记忆困难，是因为那些向我们大脑输送信息的路径随着时间退化了。

"罗兰得的是阿尔茨海默病。它不是自然衰老的正常表现，而是一种影响记忆和心智的脑部疾病，从记忆丧失发展到丧失推理能力、语言、决策能力、判断力和其他关键技能，最终无法正常生活。脑细胞蛋白质更新的速度决定着记忆力水平。长期记忆是结合蛋白质储存的，这样的蛋白质稳定而长久,但是一旦遭到破坏被分解,记忆依然会丧失。科学家们仍然在为绘制一幅完整的大脑静态图像而奋战。"阿尔杰博士说。

就像是刚刚的几段优先级极高的回忆:见面的时候真的是夏天吗?坠入爱河的时候嘴角是紧张的发抖还是在笑?吵架之后有没有和好?回忆里,这些信息都是经过修饰和融合的。

"现在的脑科学研究中心就是依此运行逻辑,将罗兰的意识编译成数字,你的意识也同样编译成数字,现在的你和记忆中的你可以意识共享。"

"那,我可以改变吗?我想改变我们曾经拥有的某段记忆。"张植念说。

"改变并非不可以,但是你在这个过程中花上的时间因此降低一半,比如当你进入回忆的时候,你想重新体验过去一年发生的事情,那么你在现实世界里面的两年会因此消失。过去的时间需要你用现实的时间来投射,才能产生供你回忆的时间镜像。

"如果你想改变,则需要进入他的深层数字化意识,进行意识编辑,让他做出你为他设想的决定。"

"我要上传我的全部意识吗?"

"不用,但是你要在我们操作你回到记忆时间里的情况下,及时进入他的深层意识。"

"如何进入?"

"你们要进入同一个梦境,这个梦境是由数据信息流组成的画面。但需要明确的是,你只能改变你们的记忆,结果能否改变还是未知,我们从未对病人过问此事,因为这是人类隐私的一部分。"

"为何这会成为人类隐私的一部分?事情发生了就是发生了,结果一直在那里。"

"张植念,这个事情的本质关乎个体尊严,知道别人最终的生活如何展开，可以是可以，但是没有必要，人应该在合适的时候保持对某件事情的沉默，因为任何人的世界里都有孤独的部分，世界已经如此孤独了，知道别人的痛苦没有意义，知道别人的幸福可能令自己更加孤独。这就是我刚所说的，不要过问别人的结果。每个人都有答案，而你想要的结果可能跟别人完全不同。"

"我该如何进入梦境状态？"张植念问。

"首先，你要先进入深度沉睡状态，你要控制自己的思维对你们两个最值得回忆的部分进行回忆，这个回忆必须是完整的。如果你有之前的日记本就再好不过了。"

张植念得意地说："我有的，我记录了我们在一起的点点滴滴，有影像也有文字。"

张植念随后在阿尔杰博士的指引之下进了胶囊空间。

04

春露秋霜

"躺在胶囊空间跟睡棺材一样，你是不是也这样认为呢,阿尔杰博士？"

"人在睡觉的时候只需要一个极小的空间，更感性的解释,那就是'摆脱物质牵绊'的侘傺之美。在侘傺美学的加持下,静态、封闭的胶囊仿佛变成了日本小说中的'灰空间',刺激着人们对无限深远的精神世界的探索。"阿尔杰博士说。

"当我把胶囊空间关闭的时候，你就会随着记忆进入那段你最想改变的过去。数字信息会将你的意识如实进行编码,根据你实时回忆的内容来呈现,这个时候你不能走神,不能表露进入回忆信息流的目的,否则时间线会乱,更严重的是会影响罗兰。你最后可能无法成功改变意识使其达到你想要的结果。罗兰的数字信息会根据你的意识进行重新编写和交互,他在你深度沉睡的世界中,重新和你交流,你感受到的一切都是绝对真实的,当你用力掐自己的时候你会非常疼痛,当你伤心痛哭的时候你也会感到撕心裂肺。"

"那罗兰怎么识别因我的意识转化而成的数字信息呢?"

"罗兰的数字信息根据你的意识进行交互之后,你会感知到他的行为,你们完全可以以全新的感知方式和交互方式再活一次。"

张植念开始进入回忆状态,她在大脑里把之前的记忆整合、划分,脑细胞分门别类清晰地排成了几列。

回忆到激烈之处，张植念感觉自己如同灵魂出窍般飘浮在胶囊空间上方，她感觉到自己的身体逐渐轻盈，她甚至怀疑自己已经不在人世了，这跟电影里的场景简直一模一样——死去的人飘浮在活着的人的上空，任凭他怎么呼喊，都没有人能听到他的声音。

张植念看到了不同时间段的自己，她紧张到流汗，生怕自己的意识不集中，浪费了和罗兰相聚的时刻。

人生到底还有什么意义？我们所做的一切到底是为了什么？张植念一遍一遍地向自己的灵魂发问，她甚至有些怀疑自己爱罗兰究竟是自私的还是无畏的。若是自私的，那么这勇敢的行动该作何解释？若是无畏的，那么这样无畏的态度最后还能改变什么？能够改变结局吗？

张植念回忆着,回到了和罗兰刚认识的那一年。

他们在实验室里相遇。

张植念在进驻实验室的第一天就迟到了,正在做实验的罗兰听见了高跟鞋的声音猛地回了头。

"人生只如初见,我们做到了。"躺在胶囊空间里的张植念感慨着说,眼泪顺着眼角流到了耳边。

张植念走神的时候想了一下,忽然感觉全身像被电击了一样,被针扎一样的刺痛让她在胶囊空间中惊醒,坐了起来。

阿尔杰博士说:"不要走神,罗兰会感受到。"

张植念问:"为什么他可以感受到?"

"因为程序的设定。你所看到的是经过大量

算法而形成的意识里的他,他所有的反应都是根据你的反应而进行的,他的反应如何完全取决于你,这些程序是按照他活着的时候⋯⋯嗯,我换个说法,是按照你们过往的高频交互积累的最严格的算法。

"就好像如果你当时扑倒在他的怀里,那么很有可能就会把原本羞涩的他吓跑;就好像当他给你杯子的时候,你没有害羞,而是大胆地接受,那么他的程序就会混乱,不知如何与你进行交互、如何帮你重新构建一个完整的回忆。因为你失去了给他留下第一眼好印象的机会。

"对于他来说,第一眼的好印象似乎是⋯⋯你的单纯和善良,从不被外界打扰,坚持自己的主张。

"你要记住你的目标,你要创造一个全新的记忆,供养你们和他的人生,这是一个看似平行但是又可以相交的时空。我们现在要做的所有努力就是让你们各自的相交，而胶囊空间就是连接两个时空的重要通道。你在空间中要做好主导者。你的过去决定着你们的未来。现在你拥有了重新回到过去决定未来的机会，所以请尽量不要再出现任何问题。"

张植念又一次回到了实验室，这次她的脑子里反复映着自己理想爱人的画面。

罗兰，他就站在那里，背对着她。

张植念像当初那样，轻拍他的肩膀对他说："你好，我是张植念。"她的眼睛里噙着泪。

罗兰眼睛盯着张植念足有 5 秒，他被张植念亮晶晶的眼睛打动了。

罗兰缓过神来说："你，你好，我，我是罗兰，很高兴能认识你，请多关照。"

张植念看着罗兰的眼睛再一次沉迷了，好像

有光洒在张植念的瞳孔上,让她眼前的世界明亮了起来。她说:"很高兴认识你。"

罗兰的眼角有泪划过。张植念不知不觉也哭了,这个场景在他们感情破裂之前曾经无数次地在脑海里重现。罗兰用力擦了擦流泪的双眼,对张植念说:"以后我们好好相处吧,能走到这里的人不多,这里的任务艰巨,未来的困难其实很多呢。但是我相信我们都能克服。"

张植念看着罗兰,感觉这好像不是第一次见面时候的场景,但是张植念马上回过神来,不能跳转思维,不然记忆会错乱,也会影响自己这一次对记忆的复现和重构。

张植念在进入胶囊空间之前就已经做了决定,用两年的时间,回忆他们相处的第一年。

在张植念的记忆里,罗兰第一次见到张植念的时候,从嘴里喷了一口水出来。罗兰当时一边思考一边对着太阳伸懒腰，很像一只橘猫。张植念一边敲门一边说："你好！"

她的嗓音清脆，罗兰转过头来被张植念清新而优雅的样子吓了一跳。

这个画面跟之前确实不太一样，张植念马上停止了对之前的回忆，开始按照自己进入胶囊空间之前的想法和罗兰往下走。

和罗兰彻夜在实验室里建造模型的时候，罗兰第一次拉了她的手。

张植念又哭了。

在张植念的记忆里，那一次是张植念主动拉住了罗兰的手。张植念看着罗兰认真工作的样子被深深地打动了，她觉得罗兰在和数字较劲的时候像极了一个沉迷于游戏的男孩子。但罗兰内心也有兽性的一面，当他纠结于数字但是无法得出结论的时候，他会疯狂地拽自己的头发。张植念笑了,心疼地摸着他的头发、他的手。那年的张植念对此是没有意识的。

再后来罗兰带着张植念回了家,他们都是第一次做爱,两个人都被对方吓了一跳。

张植念面对现在的场景有点惊讶,但是又不得不马上假装这些事情正在发生,而不是已经发生。

张植念说:"带我回家见你的家人吧。"

罗兰说:"不急,我们还有很多时间呢。"

张植念说:"很多时间用来做实验吗?"

罗兰说:"很多时间,体验,我们的人生。"

张植念和罗兰顺利结婚,婚后的日子如同热恋中一样甜蜜醉人。

张植念好像完全忘记了自己来的意义,一切任由两个人自然而然地互动向前发展,这一切太真实了。当张植念和罗兰进入睡眠的时候,她好像才能勉强回忆起原本的自己。有着真实肉体的自己其实是在胶囊空间里沉睡，沉睡多久了呢？好像已经过去两个月了。

"这是第二重梦境，在这个梦境里，你可以畅想你们的未来和回忆，这个意识空间不会和罗兰发生实景感觉的交互，因为他没有第二层梦境的意识。这就意味着你醒来之后会更加痛苦，但是你的回忆一直会很清晰地留在你的脑海里，跟你的真实记忆融合，让你过于痛苦的记忆淡化，让幸福的记忆一直深深地印在那里，随时都可以看到。"阿尔杰博士说。

"太好了，接下来我们会更加相爱，我对此深信不疑。"

"任何事情都有两面性，你们相爱当然是好事，但是你想避免孩子的悲剧吗？在这里，你是有机会改变的。"

"爱情无法克制，但是我们一定会做好防护措施。"

"你们自己把握就好。"阿尔杰博士说。

05

橙黄橘绿

张植念在罗兰清晨的轻吻中苏醒。

"新的一天顺利。"罗兰对张植念说。

"你也是,早安午安晚安,天天都爱你。"

他们看了当年的那场爱情电影,又去吃了晚餐,张植念每次都点七分熟的牛排,这点总是被罗兰取笑,明亮澄澈的杜松子酒颜色浪漫得很像他们的爱情成色。

"我今年 27 岁了,可能是适合人类生育的第一年,对于女性来说。"

"亲爱的,你喜欢孩子吗?"罗兰说。

"喜欢,我们可以多养几个。"张植念开心地说,全然忘记了自己来的目的。

"我也很喜欢孩子,但是我们也许可以先拯救一些孩子,他们出生就被抛弃,以我们的实力,我们可以养至少三个孩子。"

"为什么?亲爱的,你不想我们自己生吗?"张植念问。

"慢慢来,我们应该有爱无类,只要是跟我们共同生活,感情就会生根发芽。我们两个在认识之前不也是陌生人吗?而现在成了最亲密的家人、未来人生的伙伴。"

"那好吧。"张植念到底意难平,皱了皱眉头。

罗兰把她紧紧地拥进怀里。

把三个孩子带回到家的这一天,罗兰正在走

向自己人生的终点。

一家五口人，罗兰和张植念亲手构建了一个充满爱的家庭。

"我们的孩子会在爱里长大的。"张植念进入自己回忆的时候这样说。

"是的。"阿尔杰博士说，"罗兰与你的默契逐渐加深。"

虽然之前想改变过程，但是张植念在面对这个景象的时候再一次改变了主意，她还是想经历这个人生，因为罗林也值得在这个美好的人间体验精彩而冒险的人生。这个人生，充满意义。

"亲爱的，我今天给硕士研究生们上课的时候一瞬间忘了自己下一章节要讲什么，忽然之间出神了，之前从来没有过。"罗兰说。

"那可能就是你太累了，最近这两天咱们在家先把工作放下，孩子们也多让保姆带一带吧。"

张植念说。

"我在观察观察自己,怎么还不到30岁就这样了,记性太差了,哈哈哈。"罗兰笑着说。

罗兰认为这个事情不会这么简单,但是他只是一笑而过,不想让张植念过于纠结,或者担心。

张植念和罗兰无忧无虑的日子在距离罗兰还有两个月28岁生日这天收到了噩耗。

"阿尔茨海默病中期,进展很快,很少有年轻人会有这样的症状,幸亏你们没有自己的孩子,不然遗传会很严重,爱的结晶最后会成为另外一个人的人生悲剧。"罗兰的医生对张植念说。

张植念崩溃了,连续三天没有入眠。

确诊之后的罗兰看起来淡定得很,把自己每天要上的课提前一晚做成录像,在上课的时候同步播放,他专注地看着录像,一秒钟也不走神,这样就不会忘记。

直到有一天,罗兰在自己的书房里面待了很久,直到天亮。

罗兰对张植念说:"亲爱的,我要去欧洲出一趟差,你在家好好照顾孩子,可以等我回来吗?"

"当然,亲爱的,我可以请假陪你的。"

"不不不,不用,你的研究任务也很重,耐心等我回来就好。"

"好,我和孩子们等你回来。"

一个星期过去了,张植念没有收到来自罗兰的任何消息。

有一天孩子跑过来对张植念说:"爸爸说去欧洲会很久很久,这是他留给你的信,让我今天给你。"

张植念看完信哭到缺氧,从回忆中醒来,阿

尔杰博士拿着个和记忆中一模一样的沙漏牛奶杯给张植念喝牛奶,张植念恍惚地以为自己还在有罗兰的世界里,她顺利地再一次进入回忆。

　　眼前恍如覆上一片轻飘柔软的羽毛,周遭世界渲染上朦胧的白光,一切都变得梦幻模糊,仿若浸泡在稀释的牛奶里。人们如同砸入水中的方糖,缓缓融化,升起袅袅白烟,甜美,呈半透明状。

　　这时刚好有电子摇滚乐一拍拍推起波澜,景色随波浮动。低音的厚重张力在空气中鼓起一圈圈薄膜,低沉、柔缓地搏动,稳稳地把张植念托起,一切都倾斜扭动。中音音色悦耳,会有鱼鳞样的波纹随风流远,又像随风舞动的蜘蛛网罩在眼前,让一切陷在回忆。高潮时的擦片噪音就像大海的潮声,世界突然被抽离,像漂在海上的花园。

听得见抬起杯子时杯口的高频风声。闭眼就会看到高更画中的世界。

有时思维变得缓慢且经常中断，会突然间找不着方向，总是原地打转。有时思维又突如闪电，周围的人都在慢镜头中。

此时触觉也极其奇怪，失去平衡点，无法倚靠身后的床体。周围墙壁浮动，房间随着呼吸颤抖。身后有一种斥力在推，并且前方的路一直往下沉，所以脚步似乎永远无法停止往前冲。

道路因下沉而无边无垠，时间亦被拉长，每分每秒都细分为无限数列，逻辑混沌，思维跃迁，方向感全失。整个人感觉轻飘飘的，失去重力。张植念重新审视这个世界，如婴孩般天真快乐，重拾对生活之美好的发现之旅。

张植念走进时空隧道，突然看到了那次喝高之后在地铁与罗兰走失的四个小时的记忆画面，或者像回到第一次喝醉看到的世界。她突然与这个世界脱离，跃迁到重叠宇宙。手指关节放射片映出自己的每一个思维神经元的跳动，世界轻微晃动着蓝色或黄色(张植念记不清了，像梦一样不真实所以易忘)的背景光。

晶状体放松、瞳孔放大，每一件试图聚焦的物体都扩散着细碎的波点。每一个试图依靠的物体也会突然后退。空气沸点变高，世界升温，泡在温暖的液氮里。比第一次进入的云烟仙境更迷幻奇异、虚无缥缈。

出了最浓的云层就好了，天空有点让人晕眩但更迷幻。张植念感觉下肢液化蜷曲、软弱无力，像踩着棉絮。回忆起身体变薄像纸一样被风顶着跑的感觉，张植念认为其实那是一种引力。

直到中午，张植念才从草地上醒来，不知道

何时落到这里。这个世界的阳光耀眼,墙壁坚硬,一切都仿佛是真实的。万幸的是意识平安降落。

张植念合上眼,想继续沉睡一会儿。

"你们之间的缘分已经到了尽头。"阿尔杰博士说。

"请唤醒我。"张植念说。

"你确认要放弃了吗?"阿尔杰博士问。

"放弃也是一种开始。"张植念抽泣着说。

"你还可以做更多的尝试。"阿尔杰博士一边安慰张植念,一边轻轻地拍着她的肩膀。

阿尔杰博士继续说:"看似到尽头,其实没有。你们之间的感情一直在,这是最强的纽带,只是在固定的时间里面反复上演,在被你选择的、你认为你们两个都很幸福的那段固定的时间范围之内。

"在你们的现实世界中，失去孩子之后，罗兰看着你的痛苦，自己变得更加心痛，这种难受从心理变成了生理，他时常压抑到无法呼吸。"

06

华星秋月

张植念闭上眼睛之后又出现了一个全新的场景,这次是一个中学生的视角,这个孩子已经有了少女的感觉。

后来父亲不再让我练小提琴了,高中课业慢慢紧张起来。唯一不变的是束晴一直在我旁边,后来配备了电脑,我们开始发信息交流。

束晴担心我的消费太大,每次都为我充好话费。下了晚自习她会骑着自行车绕路载我回家。周末的时候找借口不去补课，我们两人约好在有宽大桌子的咖啡馆一边看书一边聊天，其实大部分的时间都是对视，或者两个人一同打量身边的过客。

　　束晴计划利用自己并不擅长的体育特长加分，于是每天都尽量拉着我去跑步。其实我喜欢游泳也喜欢跑步，但由于身体的原因剧烈运动总是受到限制。对，这很尴尬，我的父亲罗兰总是会跟我所有的老师打招呼，说我这里不好、那里有问题。这些人并不友善，他们只会暗自嘲笑或者几个人聚在一起嘀嘀咕咕。我跟束晴也苦恼过，她说："除了父母，不是所有人都希望我们好的。"

　　我和束晴几乎每天傍晚都一起跑步，在红色的跑道上，全是青春和荷尔蒙在空气中膨胀扩散的味道。一开始是一群人，各个年级自由组织，但坚持下来的人越来越少，很多人逐渐放弃体育特长，到最后寥寥无几，只剩下体力不支的我和体育成绩并不突出的束晴。我跟我的父亲罗兰说："其实你们完全可以放心我的身体。"

父亲说："人人都可以放心，但是你要了解妈妈的心情，她为了你的身体每天都在担心，就快成强迫症了。"

高考的前期束晴带我去了摇滚音乐节，我们两个人在海边听着摇滚乐。由于考试前期压力很大，我索性把头发剪得比男孩还短。束晴时不时摸摸我短短的头发，从背后抱着我，海风很大，我在她的怀里一动也不动，感受着蓝色的海风穿透我们，但是一点都不冷。束晴看到收垃圾的老奶奶步履蹒跚地拖着装满空饮料瓶的网袋，就迅速喝完了将近半瓶的矿泉水，我惊讶得眼睛和鼻孔一起放大。然后，束晴将矿泉水瓶递给了老奶奶。我笑了。

张植念哭了，当她看着这些的时候。她在想，罗兰也是这样善良的人，他常常会善良到在外人看起来是在委屈自己。罗兰在实验室的时候，也会经常把大家实验之后的东西收拾妥善，然后耐心地叮嘱卫生员，哪些垃圾一定要二次处理，否则会污染环境，等等。她感到非常欣慰，善良的基因就这样延续在罗林身体里，遗憾的是她能体验到的人生长度有限。

　　"等我考上大学就送你个礼物。"我对束晴说。

　　"什么礼物？"束晴问。

　　"和你没有娱乐的童年有关的礼物。"我笑着说。

　　我心里早有答案。我一直认为能和她成为亲密无间的朋友还是因为缘分。

大学入学时，军训成了建立女生们坚固友情的桥梁。同宿舍的女生跟我说："一班有个很白净的女生，很白很白，短发，很短很短的那种，说你很好看想认识你。"带着小女生的虚荣心和偶像包袱，我和同宿舍的人说："明天早上晨练的时候告诉我。"第二天，我就知道了她是谁。

在女生云集的语言类学校，女生们的眼神大多会不约而同地落在仅有的几个男生身上，即使都相貌平平也要分出谁是枭雄。这点在课堂分座位的时候尤为明显，女生个子越高往往和男生同桌的概率越大。

在语言交流课上束晴总是"处心积虑"算好了究竟站在哪里才能和我成为同桌。虽偶有误差，但是经常可以算对。于是我们很快就成了大家心目中的好朋友。

那阵子正好赶上她失恋，我知道她很难过，可是为了表示关心我还是忍不住问："你最近怎么了？"

她一言不发，把手机里的短信给我看。

1."还好，不和你吃饭了，有事。"
2."我先走了。"
3."好吧。"

"这又怎么了？"我问。

"这是我们所有的聊天内容。"束晴一脸失落地说。

"哦。"

"你看他说的是'好吧'而不是'好啊'，说明他对我根本就没有热情。"

中国的文字浩如烟海，博大精深，就连语气

助词的含义也是千差万别。或许"敏感"二字是为女性量身打造的。

手机再一次振颤起来。

束晴夺过手机。

手机上赫然写着："忘了我，好好生活，不要再惦记我了，谢谢。"

我的余光已经看到了，她的脸异常冷漠，接着大大的眼睛变成了红色，逐渐被两小潭水淹没。

渐渐地，呜咽变成了抽泣。

我不知道哪里来的勇气对她说："我帮你出恶气，这个负心汉。"

"好，你帮我回信给他。"

"嗯，我一定要维护你的尊严，还要给这小子教训。没了他，地球照样转，要让他明白，他自己根本就不是太阳。并且告诉他以后不要多想，特别是非分之想。还要告诉他千万不要后悔。"

"好的,就这么说。对了,最后要说明回复信息的人是你,不是我。"

"啊,好吧。"我有点后悔自己刚刚的豪言壮语。

最后展现在手机屏幕上的时候,就变成了:"我一直过得挺好的,而且也没有怎么惦记你。"

"如果他对你说'忘了我吧',你就告诉对方'我一直没记住'。"我继续补充道。

她心有不甘地点头。

张植念醒来,对阿尔杰博士说:"你知道吗?我看到了一个少女,她在胶囊空间呈现在我真实的梦境之中,是我的女儿。她是个善良的人,就像罗兰一样呢。"

阿尔杰博士说:"这是罗兰给你的最后的礼物。你关于孩子的记忆大多是痛苦的,但是他保存了美好的部分留给了你。她的善良是集合了你们的优点。"

"罗林也有自己的私心，希望朋友的心永远属于自己。"张植念说。

"这是生而为人最真实的部分，罗兰做出这样大的牺牲，本质上也是因为自己的私心，他想将你们的爱永存，他想生活在你们的身边，永远活在你们的心里、脑海里，无处不在。"阿尔杰博士说。

"除了悲痛，令他备受折磨的还有巨大的孤独感。这不是因为孩子的离世，而是因为身边只有妻子能感受他的痛苦，而妻子的痛苦更是难以用语言来描述。他不能为你分担，他脑子里最常浮现的就是人生如此难捱，为什么我们要被迫来到世界上？为什么父母都喜欢生孩子？为什么我们一定要拥有自己的孩子？为什么我们要让他们继续承受痛苦？所以他之前有了虚构你记忆的想法,让你忘记你曾经拥有过一个孩子。"

时间倒回至罗林更小的时候,那个时候的罗兰被确诊为阿尔茨海默病中期,比之前几年确诊时候的情况又严重了一些,他会忘了自己喝过水而不停地喝水，也会在煮完咖啡的时候忘记关火。

很多患阿尔茨海默病的人,几年前还能够和家人一起去各地旅行,谈天说地,现在就只能躺在床上。由于阿尔茨海默病造成的认知障碍,他们中的重症患者完全失去了自理能力，视力、听力全面退化,甚至连哭都发不出声音。很多阿尔茨海默病患者的亲人最遗憾的是不能郑重地与他们道别,因为在他们患病的那一刻,似乎就已经与家人分离了。

即使他们都忘记了自己是谁,医生也会帮他

们记住,也会为治愈这个疾病而努力。

在社会上,完全没有了社交和娱乐的阿尔茨海默病患者戏称自己是"三等公民","醒来之后等早饭,早饭之后等午饭,午饭之后等晚饭"。

医生能够做的也只是等待,和一百二十年前第一次发现阿尔茨海默病的爱洛斯·阿尔茨海默医生没有什么区别。目前的药物在延缓病情上的作用极其有限,调查显示有64%的患者就因为治疗效果不明显而停药。

医生和患者都在等一项医学研究上的突破。

然而,相比于其他疾病的研究,阿尔茨海默病的研究进展尤其缓慢,即使社会对它的相关支出高得惊人。人脑精密而复杂,我们要攻克的难题不仅仅是医学上难以逾越的鸿沟,更是医学和科技最应该结合的交叉学科。只懂医学和只懂科技的人都无法解决这个问题。所以我跟罗兰说,最先进的研究方法是将两者进行结合。离开的人，无法体验活着的人的痛苦，只能预知。活着的人，因为挚爱的离开会一蹶不振很久很久，抽离的现实，深陷脑海里的回忆，就像活在阴阳交界地带。思念本身是触不可及，更是感官被剥离的绵延不绝的痛苦。

"死亡不是终点，遗忘才是。"被确诊的罗兰对阿尔杰博士说。

阿尔杰博士是罗兰看到他的博士论文之后联系上的。

"死亡到底会是一种什么感觉？"罗兰问阿尔杰博士。

"活着的人都不知道彻底死亡是什么感觉，最多有濒死经历的人会知道这种感觉，但是对于他们来说更多的是劫后余生、大难不死的庆幸。"

"曾经有作家说：'我登上一列露天的火车，

但不是车,因为不在地上走;像筏,却又不在水上行;像飞机,却没有机舱,而且是一长列。它看起来像一条自动化的传送带,很长很长,两侧没有栏杆,载满乘客,在云海里驰行。'"罗兰说。

"不要害怕死亡,在漫长的生命中,生和死会交换位置,死亡变轻了,而活着才是最沉重的事。当你们背负着越来越沉重的人生往前走时,你最亲近的人依然不会失去感受幸福的能力。"阿尔杰博士说。

"我认为就这样慢慢地和家人告别的过程最痛苦,我不怕死,但担心的是他们过于痛苦而失去幸福的能力,背负着压力和痛苦,让人生不如死。我们如果能够看到未来该有多好,我想看到她们坚强的样子。"

"我可以试试,万一可以实现呢?"阿尔杰博士笑着说。

"去……未来吗？"罗兰说。

"如果你去的未来可以让你不留遗憾，那它就是人生最好的治愈。"阿尔杰博士说。

"活着和死去，或许就是某种倒影和映射吧。"阿尔杰博士补充道。

那么相似的镜像的关系，就是父母和孩子吧，他们的命运有时候截然不同，有时候极为相似。这就是生命的多面性，有美好，有背叛，有死亡。

罗兰在实验室的长椅上屏住呼吸，想象着自己未来失去呼吸的场景，感受未来的自己可能会感受到的。

他有无法遗忘的爱情，他无法接受自己过早地去世，无法想象曾经说好相伴一生的人，因为自己而和充满阳光的未来失约。这种契约好像一开始就注定会被打破，那么人幸福的可能到底有多少自己决定的成分?

　　胶囊空间好像一个暗室,一个让胶片呈现画面的神奇地方,只要你能看到,你的人生就能在你强烈的意志中通往过去和未来。重逢就在这里发生,只要你想开始。

07

朔风凛冽

罗兰想把记忆封存在脑海中,他不敢面对自己的死亡,他对死亡有一种恐惧。

阿尔杰博士说:"你先进胶囊空间里面体验吧,可以回忆过去,可以畅想未来,但你不能大肆改变,因为没有人可以改变过去和未来,一旦改变,你的记忆也会错乱,无从整理,这可能会加剧你的病症。"

罗兰说:"我懂得规则,从小到大,那么多考试,每次考试都会让我觉得孤独又刺激。这次也像一次考试,对我来说是生命中最后一次考试。"

进入胶囊空间,他看到了自己的死亡,还看到了曾经的自我封闭被自己打开。

第一次见到张植念的时候,他看到了她害羞的样子。

那是他们第一次见面。

他感到他非得再看她一眼不可……当他回过头来的时候,张植念也掉过头来了,她那浓密的睫毛下面是一双深邃的、灵动的眼睛,亲切而专注地盯着他的脸,好像正在辨认他一样。这短促的一瞥,罗兰已经意识到有另外一种可能性在她隐约可辨的微笑里闪烁着。

他故意在她面前看着图像小说,以看似偷懒行为激怒她而故意跟她吵架。她生气的样子,真实而可爱。

他就是如此深爱她真实的样子，鲜活的、不加任何修饰的。

她生气的时候一直看着他，他有那么一个瞬间觉得，生命还长着呢。

下一幕就是他们第一次做爱的画面。他第一次给张植念过生日，那时两个人还处在比较害羞的阶段。庆祝完生日张植念忽然想起有一个实验报告转天要交，于是就在酒店打开电脑开始写起来。

罗兰先去洗了一个澡，吹干湿漉漉的头发之后，看到张植念依然在写报告。

罗兰一直在床上等着，但是又不敢让张植念发觉自己只在等着做这一件事。他翻开自己带着的图像小说，直到看到最后一个字。

张植念依然在写。

罗兰终于睡着了。张植念轻轻吻了罗兰，罗

兰醒了,却害羞得不敢睁开眼睛,又忍不住想要看张植念美丽的样子,他们之间已经没有了距离。

罗兰在梦境里睡着了,阿尔杰博士将罗兰唤醒。

"为什么不让我继续在梦里?"罗兰问阿尔杰博士。

"胶囊空间已经是一层梦境了,如果你再进入另一层梦境,会严重影响你现实中的记忆,我不想让你的病情加重。"阿尔杰博士说。

"没关系,让我沉浸其中,我会在规则引导之下留下我的记忆和对未来的潜意识。生命本身就是一颗种子而已,赤裸的,什么都没有,但是它最后会成长为一朵花或者一棵树,当看到那朵花开和那棵树死的时候,就知道生命本身就是一种记忆的最真实和鲜活的载体,活着就是将记忆和时间转化为负熵,储在记忆里。"罗兰说。

"我知道该怎么做了。"阿尔杰博士说。

阿尔杰博士将胶囊空间调整成了调取未来潜意识模式,在这个可以用潜意识看到未来图景的模式下,罗兰想看到自己完整的一生,预想自己能够走完一生的样子。

胶囊空间里面的提示音响了,机器做出了操作指引。

"请按下调取未来潜意识键,即刻带你看到未来。"

罗兰深呼吸了三次,好像是对自己的正式告别。

在罗兰进入模式之前,阿尔杰博士提醒他,如果调取潜意识需要进入第二层梦境,这就意味着大脑会被损伤,但潜意识是会被转化为数据信息,从而被胶囊空间里面的设备完全记录。大脑被损伤之后,阿尔茨海默病就会进入更严重的阶段。

这段记录会成为罗兰的家人们未来生活的指引。

罗兰关于未来的潜意识一旦被调取就意味着自己的生命加速走向终结。但罗兰不怕,他怕的是遗忘,只有遗忘才是真正的结束。他相信,爱不会被遗忘,他最想留给家人的就是对于未来的期许和爱护。如果记忆能够做到,那么失去自己又算什么呢?

阿尔杰博士听罗兰讲完,眼眶已经湿润了。

"但是我要提醒你,你是第一个做这个实验的人,虽然已经有论文证明这项技术可以实现预见未来,但是你始终是第一个人。"阿尔杰博士说。

"我知道,但是我不怕这个风险,既然我都不怕,你还在担心什么。"罗兰笑着说。

"那我就执行我们的计划。"阿尔杰博士拍着罗兰的肩膀说。

"我们得给我们的神秘计划起一个名字。"罗兰打趣着说。

"'杀死爱人一号'？"阿尔杰博士笑着说。

"这很酷,听起来是杀死,其实你要以另外一种方式好好地把我的意识交给我深爱的人们。"罗兰说。

"对,这本来就是另外一种方式的永生。你懂我的意思就好。"阿尔杰博士格外宽慰。

罗兰进入了可以预见到未来的潜意识里。

总结罗兰的语言习惯和思维方式,语言和思维本身就是一种自我期待和自我塑造,他的生活是他的潜意识雕塑出来的,通过分析,阿尔杰博士就能用机器识别罗兰的潜意识究竟想些什么。

人的潜意识可以是聪明绝顶的,但是人在完全清醒的时候意识会封闭了潜意识,这就是为什么如果调取潜意识需要进入第二层梦境。只有当潜意识和意识的通道打通的时候,人才可以自然地避开绝大部分未来不想发生的事情。人分三种,醒着的人、做梦的人、醒着做梦的人。大部分人都属于第三种,我们能做的事情也是尽量让自己醒着的时间长一些。醒着的时间长,就比较容易得到幸福,当一个人的行为举止显性思维与潜意识里的"我"一致性越高的时候,这个人就越会有满足感和幸福感,反之就会越缺乏。

阿尔杰博士的第一个操作步骤就是将罗兰的潜意识和意识通道打开,让两者保持最大的一致性。

罗兰进入了第二层梦境,见到了第二个让他挂念的人——罗林。

阿尔杰博士识别了他内心对罗林的期许:可以平凡,但是不要普通,做一个热爱生活的孩子,勇敢地保护妈妈。

但是很遗憾,罗兰知道罗林致命的先天不足,也清楚罗林的性格,她格外喜欢挑战并且喜欢极限运动。

综合这些信息,阿尔杰博士推测出一种最大的可能性:罗林最后告别的方式也是在自己的爱好中告别。

阿尔杰博士生成了罗林与罗兰见面的画面。他们在罗兰的第二层梦境里相遇了。

他看到了罗林,好像看到了未来的自己,充满着一种旺盛的生命的活力。

罗林在接受冲浪训练,夏威夷的海风带着湿润的气息。罗林和自己的教练一起冲浪,她和小时候一样喜欢大海。

但是罗兰见到大海的心情已经与曾经不同了。大海不再静谧、不再安静，遥远的海突然会发出格外巨大而沉闷的巨响。车辆的噪声、海鸥的叫声，罗兰从来没觉得它们会如此刺耳，似乎像一块玻璃摩擦另外一块玻璃发出的尖锐响声，或许只有乐观的人才会觉得那声音如天籁，悲伤的人只能在这样的氛围中更加绝望。罗兰的心里既有喜悦也有难以忘怀的哀伤。

　　"我们身处的是同一个世界吗？我们需要持久的爱和思念吗？还是说，其实只要相信就够了？"

　　罗林好像看到了罗兰，但是他们的相遇显得羞涩而陌生。

　　罗兰看到的是 18 岁的罗林，因为那个时候的罗兰已经不在人世了，所以罗林见到罗兰也是在梦境中。

"好久不见，亲爱的。"罗兰的声音颤抖着，嘴角有一丝丝抽搐。

　　"爸爸，我好想你，你的样子一点都没变，我太高兴了，以为是在做梦。"

　　"或许吧，梦和现实，本来就没有区别，因为真正的陪伴就是在我们心里。"

08

寒风刺骨

爱到最后就是那些如夏夜凉风一样的令人难忘的细节。

有些痛苦随着时间而去，而这种痛苦，随着时间越来越浓重。

"你确定你能承受这种痛苦吗？"

"我能承受，只要这种痛苦有意义。"张植念坚定地说。

"胶囊空间既可以连接过去，也可以连接未来。我们不仅能够回忆，还能够靠足够多的潜意识样本来推测未来人生的走向。"阿尔杰博士解释说。

对张植念来说,这也是一种神谕。能再次见到罗兰,难道不好吗？重逢是最值得回味的,其他都不重要,哪怕用自己的时间来换取。

回到过去还是去往未来,全靠两个人的选择。

"罗兰使用胶囊空间的时候是两年之前,那时你们的孩子刚刚遭遇不幸。胶囊空间里的空间不是线性的,过去和未来都能随着回忆排山倒海而来。他在两年之前,看到了两年之后的你。这是数字信息流形成的画面,画面是由未来的你的意识呈现出来的模拟场景。"阿尔杰博士说。

"罗兰看到了你因为孩子离开而崩溃的样子,看到了一个母亲最脆弱的一面。而他当时被诊断为阿尔茨海默病,为了能给你留住最美好的一切,他选择将意识全部上传,他是第一个做全部意识上传的志愿者,这意味着肉体必须永久死亡。他先构建了一个领养健康孩子的记忆,让孩子在你的记忆里陪伴你,形成数字意识,以便与未来进入胶囊空间的你进行交互,让你再一次免受打击。但是他的死亡,是改变不了的,也是不可逆的。

"罗兰选择了先用胶囊空间来与当时的你交互,他在你进入深层梦境的时候,就知道你来的目的。因为两年前他在胶囊空间里感知到来自未来的你,所以他在你的意识里看到了你们的未来,看到了你想改变的动机。一切才能如此顺理成章,机器不懂爱情,但是人性可以。你们的爱,在这胶囊空间里,穿越了时空。你在胶囊空间里回忆着你们的过去,但是他在胶囊空间里看到了未来。因为他想用最后的数字信息感知你如何风尘仆仆地再一次走进回忆，只有你们两个人的、纯粹的爱情的完美世界。"

张植念说："说来残忍，在遇到罗兰之前，我一直以为人的爱情都是一段一段的，我们爱过的人、伤过的心，被爱的时候毫无感觉，受伤最重的往往就是那个付出最多的人。"

"很多人都认为自己是付出最多的人。"阿尔杰博士笑着说。

"但是遇到罗兰之后，我觉得爱可以做到绝对无私，而我好像又拥有了活下去的勇气，不仅仅是因为自己，也是因为我要让我们的回忆，一直存在下去，一直。"

张植念发现阿尔杰博士笑着望向她的时候眼神像冰山一样冷静和肃然。

"在几十年之前的地球上，极端的竞争压力使得人们活不起死不起是常有的事情，人们工作难寻,物价飞升,财富早就不是二八分了,更少的资本家聚集在塔尖,其他的人都在中间,人们变得情商高、智商高、同情心低。人的忍耐力也许保证了人可以无形地活着,分享着别人生存的边角余料也能挺住。但是死亡,是考验所在之地永恒性和意识形态的许诺,是集体对人和历史的根本解释,人总想在生命结束时给自己确定空间和命名。对一些不太幸运的人来说,死几乎是一个比活更有安全感和认同感的事。在普通的城市,在城市的边缘,人的死也总是会成为最后一次冰冷的交易。人们在生命的诗句中,活得空空荡荡,在浮云遮蔽眼的永生狂欢之中,奢谈浪漫、真情和诗。

"而重新编辑一个人的数字世界,需要这个人肉体彻底死亡才能有被改变的机会。罗兰是第一个吃螃蟹的人,他所有的动机都是因为爱你,他甘愿当我实验的第一个被'杀害'的爱人。"

张植念在真实的世界里又做了一个梦,她靠自己的脑力,不在外力的干预下,见到了罗兰,他是那样的健康和善,和从前一样,在阳光下朝她走过来。这生动的画面,就像罗兰从她的梦里走出来,而她也确实与罗兰见过面。

　　张植念对罗兰说:"在那个世界里,我们越来越相爱吗?"

　　"在那里我们相爱的故事反复上演,浓烈、炽热、一直恒温,是上天给我们的赏赐。我们是宇宙中第一对能够有如此体验的爱人。"罗兰说。

　　"你过得好吗?"

　　"抱我一下吧,我就会觉得我过得很好。"罗兰笑着说。

销声匿迹

张植念醒了。

"其实你们的孩子没有死，是罗林自己选择了消失，她是成年人，在医学伦理里面，可以为她的选择保密。"阿尔杰博士说。

张植念诧异地看着阿尔杰博士："你在说什么？她在我们的记忆里明明已经离世了。这是我和罗林达成的共识。"

"生和死到底是什么呢？你的孩子让我为了她，对你们保守秘密，她想拥有的不是医疗器械的束缚,而是更辽阔的自由,一种可以永生的自由。"

"我们的孩子呢? 她留下的 25 岁的人生记忆是怎样的? "张植念问。

阿尔杰博士说:"她选择义无反顾地做一件对她来说最好的事。"

"她最后是怎样进入意识世界的? "

阿尔杰博士说:"我来带你从另外的视角观看吧。"

他输入了生命故事数字信息的密码,进入了罗林记忆里的世界。

在罗林的世界里,再一次映入眼帘的是一个叫束晴的女子,这证明了她是与罗林关系最紧密的人。

"我可以带你进入罗林的意识全景世界,在那里可以看到她曾经幸福地活着,说不定现在也是。"

张植念眨了眨眼睛，笃定地点头。

阿尔杰博士将胶囊空间设置成了第三视角，以罗林的挚友束晴的视角，让罗林的生命历程在张植念的眼前徐徐展开。

张植念在胶囊空间里与束晴的记忆相遇，开始以束晴的视角邂逅女儿曾经的命运。

束晴看到新闻中播放了关于罗林与同伴深潜到水下勘测遇险的报道，救援队收到求救信号之后立马进入深水区搜寻，发现了她的一名男同伴之后将他送入医院抢救。

罗林却迟迟不见踪影，人们对罗林的思念越发强烈，过一天像过了一年，第二天一早醒来之后打开手机刷到的消息是罗林已经被找到。

罗林的讣告：

与她一同被打捞起来的，还有她的潜水伙伴。

他们都是某个环球水下探索协会成员，根据国内媒体智谷趋势介绍，这是"世界上最神秘、最精英化"的潜水组织，整个中国目前只有寥寥可数的潜水员获得了全球最难的技术潜水证书。

默哀。罗林供职于国内知名的公益组织，罗林当时走上这条路也是因为受到张植念的影响。

张植念在意识世界里看到了她与罗林曾经一起生活的日子。

"为什么要选择一个几乎没有薪水的工作？以你的才能其实可以做自己更喜欢的事情。这种喜欢不受金钱或者其他物质条件影响。有的人因为离家近选择一份工作，有的人因为挣钱多选择一份工作，有的人因为清闲自在于是天天表演上班，这些都是自欺欺人的表现，说白了整个人生就是自欺欺人和被人欺的过程。"张植念说。张植念想用一种质疑和反问的方式让年轻的罗林进一步确认这是自己能够将全部激情奉献的工作。

"我知道你在让我再一次确认这个工作是不是我喜欢的。在漫长的人生中喜欢意味着一切，这个工作对我来说也意味着一切。"罗林说。

阿尔杰博士听到了张植念在胶囊空间里再一次抽泣，她多么希望罗林的人生如自己所说的那样漫长啊。人生总是充满了遗憾，又有几个人能在睡梦中老去、死去呢？

"你喜欢就好。"张植念有些欣慰，原来自己这么多年没有白教她。她念拉着罗林的手。在胶囊空间中的张植念手伸在空中。

张植念再一次从抽泣中醒来。

"我不想再伤心了，我的丈夫和女儿都离开了我，我只能以这样的方式与他们见面。人生如果如此无力，我们为什么要用幻想欺骗自己？"

"这不是幻想，这是潜意识和记忆的重构。你们拥有再活一次的机会，每个人也都应该拥有这样的机会。那些我们曾经因为自卑而放弃的梦想，因为倔强而放弃的爱情，因为冲动而说出的令自己后悔莫及的话，如今都有了修复的机会。"阿尔杰博士解释说。

但是张植念始终不解，大家都在议论为什么罗林会去深水区勘测，这个只有她和男伴知道的秘密水下勘测项目明明是被禁止的，这个勘测任务只有国家级机密的勘测队才有资格进入，不是经验丰富的极限运动爱好者就可以完成的。极限运动有很多,比如翼装飞行,全国也就几十个人有资质,但是这些人不会冒险去飞。"是不是海给人更多的安全感呢?"张植念在胶囊空间里不断地喃喃自语。

时间在胶囊空间中又流转回束晴和罗林刚认识的时候。

束晴是罗林的前同事也是中学同学,一个沙漏是两个人友情的见证。

很多年前,束晴和罗林在海边玩耍,罗林看海,束晴看天。天空和海好像是互为倒影而存在,海是天倒过来的样子,天也是海倒过来的样子。在人们目所能及的海天交会处,它们交相呼应,永无止境,跟沙漏很像。

同样的一份沙,在沙漏中流逝,一边增多,一边就会减少。如果这是时间该有多好,看似流逝但是总量不变,在来回的颠倒中无限循环。

是不是人一旦死了,所有神都会即刻远离,连同过往的岁月。声光电影,所有熟悉和不熟悉的局外人。好像神圣的水葬,已故的人沉向河床,河床被瞳孔撑满。活着的人们活得用力,人们贪生怕死,恐惧死后的孤独。临近死亡的人所担心的事情就越发简单,他们只是担心死神来临的时间,是这个黄昏,还是下一个黎明。

罗林小时候总是这样感慨:“要是我们能够让时间重来该有多好,等我们的时间沙漏走完,将沙漏倒立,我们再重新过一次童年。”

张植念以束晴的视角再一次感受到了罗林的哀伤,此刻的罗林好像预感到自己生命即将结束。束晴看着罗林用手捂着自己心脏的地方看着远方,又好像什么都没有看。

束晴一遍又一遍地回忆着和罗林拥有共同

回忆的童年,有些记忆模糊不清,有些清晰的画面在脑海里回想起来依然觉得温暖。束晴看着沙漏,很难哭得出来,她感受着生命的无力。但是总有疑团在她的心中,像是一团在海中氤氲开的浓郁的蓝色,像是当时为了模仿天空和海洋的颜色做的蓝色沙漏。

沙漏里面沙子的颜色介于宝石蓝与墨绿色之间。然而这些细碎绵密的沙子似乎是带了电的,束晴感觉自己的大脑瞬间短路,激起了某种强烈的、原始的记忆。她有一种感觉:它们是生命中最重要的东西,能激起更多美好的回忆和永恒的东西。

那是一种什么样的回忆?

一池水,

扔进石头便起了波纹;

一段记忆，

有了重量就有了裂痕。

他们说这里没有时间，

只有进化的波纹，

那些波纹徜徉于脸，萦绕于脑中的电波。

一阵风，

放开手中的风筝，

你手中的线便随风而起，

我说时间在有限的空间之外，只会被自
我约束羁绊。

她可以停留，她可以走。

一只手，

让我与时间和平相处，

互不干扰，

可是她明明带走了你的回忆你的情感，让你记住的一切相貌变得模糊不清。

我试着忘却时间，

本就生于虚无，

却发现宇宙变得没有尽头，漫长无限。

也许只有彻底感知时间，才能打开自己一生中的许多经历闭环。

在每一个看似没有因果的闭环中，都藏着一个让我与过去和未来相识的地点。

打开时间，

体会无限。

"我感觉到的就是这种颜色，这是代表生命的静谧和永恒的颜色，它在跟我说话，就好像我花了整整一辈子的时间才找到了它。"

罗林想了一会儿，接着说："这种蓝色肯定代表着某种事物。一千年前，伊夫·克莱因曾经说过蓝色就是颜色中的精华，能够代表所有的颜色，这种颜色在人间可以是对某种事物的信仰。"

束晴发现罗林就是这样一个人，想花费一生时间去寻找童年记忆中的那独特的、根植于内心的永不磨灭的东西。后来，她绝望了，觉得根本就找不到这样永不磨灭的东西，就连她的生命，都是有定数的。

如此美妙的东西肯定是她自己想象出来的，自然界可能就不存在这样的东西。然而某一天，她却偶然地发现了它。那是海天相接的最壮观的画面中，两种颜色相交重叠之后形成的颜色，她喜极而泣。

后来罗林给束晴带来了这个颜色的沙漏，罗

林捧着这个沙漏的时候就像心中已经有答案一样，表情自信和泰然。

罗林曾经跟束晴说要把这一生好好走完。

束晴说以后如果她们都不嫁人那就等老了一起进养老院，一个曾经谨小慎微、从来不破坏规则的人绝对不会做出这么叛逆的事情。

这里面一定另有原因。

束晴开始对罗林与她联系渐少的这几年重新审视，她发现她们着实失联了几年。

从什么时候开始失联的呢？大概是从罗林爱上深潜的那一刻。暑假的时候束晴把一个游泳班的宣传广告发给了罗林，罗林看到之后就对束晴说："咱们一起去吧。"

束晴摇了摇头说："你忘了咱们上次在巴厘岛玩滑翔伞吗？还有在夏威夷的恐龙湾潜水，我真的害怕呢。"

"有啥可害怕的，我们就应该潜入最深处，跃向制高点嘛。"罗林的眼神里充盈着的自信让束晴感觉到灼人。

张植念看到了她们就算下雨天也要坚持出来一起玩。

罗林说大雨过后是她最喜欢的时光，她在大雨形成的小海洋中看自己的倒影，对着自己的倒影说话。是不是有另外一个世界、另外一个自己，也这样看着她，头朝下？

长大的那一刻你就会发现身边的人很有可能跟你完全不是同一类的人。束晴的眼神里流露出淡淡的感伤，她望向海天相接的方向。

"喂，你有没有听见我说话呢？"罗林用胳膊肘硬生生地撞了束晴的腰，束晴疼得叫出声。

"你也太暴力了吧。"束晴说。

"不暴力点你就不能向前一步啊。"

"为什么一定要向前呢？我们驻足感受难道不也是一种人生的体验吗？海风、沙滩带来的乐趣难道不能治愈你？一定要去极限运动？你不知道国内常有极限运动导致意外死亡的事情发生吗？"

"乖，你听我的，咱们俩深潜完我就送一个礼物给你。"

"什么礼物？"

"好看的、好玩的、你没有的。算是咱俩友情的鉴证，定情信物！"

"得了吧，说这么肉麻。"

最后束晴还是没去，罗林沮丧地从海面浮起来的时候，冲着束晴吐了吐舌头。

"虽然你没有陪我去深潜，但是礼物还是要给你。"

罗林从口袋里拿出了一个手掌心大的沙漏。

沙子被染成了淡蓝色，细腻顺滑，从上到下如水一般流淌。

"要是时间能如此就好了，当一切过完的时候，倒过来我们就能重新再来一遍。虽然你胆小如鼠，但是我还是不会嫌弃你的。"罗林掐着束晴被晒得粉红的脸说。

束晴说："是啊，要是时间能如此该有多好。"

寒木春华

时间开始如沙漏般倒转，张植念以束晴视角看到的过往画面开始倒叙。

20号

罗林在ICU(重症加强护理病房)中呈现植物人的状态，无法感知疼痛。时间流逝，人们在她身边伫立，等待万分之一的奇迹出现。束晴泪如雨下，阿尔杰博士把罗林的日记交给了束晴。阿尔杰博士对束晴说："罗林和她的父亲给了我很多灵感,关于医学和科技,关于时间的永存和倒流,关于时间沙漏,人类会尽最大的努力保持回忆的美好,让自己的人生在记忆中完整。"

张植念看到这个日记本的内容不断呈现在屏幕上,罗林虽然病卧在 ICU,但依旧能感知时间和记忆,隐形芯片连接电子日记与罗林的大脑,日记本中的文字不断在屏幕上活跃地显现,仿佛罗林对这个世界的好奇心和宝贵灵感不断地跳跃着,像是心跳,也像星星,像是在记录罗林的呼吸。那是一种遥远但是依旧保持着旺盛的生命力,另一个世界的生命力,神秘而神圣。

罗林的身体只能存在二十几年。想让意识永生,继续感知生命,让回忆拥有温度,就要让记忆在时间的变迁里保持流动,所以要让意识进入时间沙漏,倒流、逆转人生。将意识编辑生成数字信息来永存,实现在未来与亲人们的交互。

束晴看着日记上不断增加的文字，了解了现在罗林的意识所在的世界中的运行逻辑。张植念以束晴的视角在现实世界的顺行时间里逆行，她经历过的事情都在束晴的未来的时间线里发生。

这像一个沙漏，但又不像。沙漏里面的沙子好像不同的记忆颗粒，它们细腻而又连绵不断。

束晴知道，只要一直看着这个日记，就知道罗林为什么会进入深海。

沙漏里的记忆颗粒不是无序的，看似连绵不断的沙子，有自己的排列顺序，每一个颗粒都是一个人在不同时间里面发生的不同事件。它们各个紧密相连，只要有一个线索就可以有一个合乎"观察者"逻辑的顺序重新组合，然后细细流淌，慢慢释放，如穿针引线一般。

19 号

"整装待发了，时间到来得太快了，激动人心。虽然我的身体如常人一般面临衰老，甚至比正常人的速度更快，但我的大脑依然感知自己的无限意识，这是一件幸福而伟大的事，以后的人类会不会也如此呢？日记可以选择隐私，也可以选择公开，重要的是我体验的是你们人类从未体验过的人生经历。"

张植念看着意识中这个倔强的女儿，忽然哽咽到说不出话来。刚刚还在感慨自己没有白白教育，但是这次她发现，事情皆有两面性，不是看似好事，就真的都是好事。有些看似勇士的动机会将一个人推向命运的深渊，勇者之心，会让一个人越来越喜欢冒险，这种冒险的精神一旦进入灵魂，就会让人在某一天失去理智。

18 号

"我们都期待自己是特殊生命个体，到头来却平凡不已。

"正是这种平凡让我们惺惺相惜，那些看似不能衡量价值的东西，我们自身要清楚它们的价值和存在的意义。

"曾经的我们耗费了太多时间去寻找生命的意义，去寻找自我的灵魂。我的智慧连理解自身的生命都做不到，却想要挑战自然和人类身体所能承受的极限，这样真的合适吗？或许生命本身就是去感受欢乐，体验痛苦和欢乐。

"为正当的理由放弃我的身体，是我所能做的最有人格的一件事。走一条不回头的路，虽然还是有一点点的犹豫。希望明天的勇气更大一些，以足够支撑我潜入深海，探寻生命和时间的无限秘密。"

17 号

"与阿尔杰博士的讨论进入巅峰时刻。

"我们第三次实验终于成功了，喜欢这样无人能敌的时刻。

"我的无限意识可以永生。

"我可以在意识中再一次见到我的父母，我们可以在胶囊空间里无数次地相会。我们的记忆，我们浓厚的亲情，随时上演。"

束晴看着她，好像在慢慢追溯着两个人不在一起的光阴。

…………

11 号

在电子屏上面缓缓浮现了，这是最开始的动机。张植念紧张地握着拳头。原来罗林的世界已经倒转了十天,沙漏就是时间之漏,沙漏里的沙子随着转动而流动,时间亦是如此。

"阿尔杰博士找到了我,我知道他能解决我想活下去的这一永恒议题。曾经无数次我在深夜里哭泣,感慨生命的宝贵,却又不得不面对我只能活到二十几岁这个无比残忍的现实。我和束晴的友谊就这样空荡荡地回荡在她的脑海里。

"我在想什么是真正地活着,肉体和意识的共存时间毕竟有限,机器也有被更替的那一天,那么人类呢?人之所以有感受,不是因为人接受这个世界,而是因为人与世界的冲突,人类在冲突中一次又一次接受了这个世界。

"而我将永远地在这个世界上消失。人类活着究竟是为了什么?像歌者唱的那样吗?

因为享受她的灿烂,

因为忍受她的腐烂，

热爱生命，但是结束的时候又依依不舍，

人生苦涩如歌。

追寻的时候依依不舍，

我离开了，你睡了，时间依然走着，

我们怕了，恍然抬头梦却醒了。

我们总会有生命中的至暗时刻，

虽然我想和你看海边森林里的花海盛开，

鸟儿归来，

如果都没有，

那我又该为了什么而存在？

"阿尔杰博士对我说，活着的意义没有必要再去探寻了，因人而异，并且大多数人都是在自欺欺人。但是你如果想要清醒，就会痛苦，就要跟痛苦相处。

"同时，他可以给我一个拯救人类的机会，准确来说是先拯救那些因为尚未被攻克的疾病备受折磨而生命仅剩几个月的人。我来尝试，然后在将这些方法用在其他需要被医治的人身上。

　　"而我就是最合适的第一个吃螃蟹的人。"

　　束晴看完了罗林的最后一篇日记，明白了她最初的动机。

　　让自己的意识在沙漏的装置中永生，在平行的时间里意识随着时间的波纹流动。

　　时间就这样被打开了，有限的生命变成了无限。选择自己想要的记忆来和自己生命中重要的人互动，自己的意识在与他们互动的过程中被无限激发，生命的痕迹在浸入回忆的过程中一次一次地被加强，曾经活着已经不是活过的证据，反复地被回忆，重新经历那些发光的往事，才是自己曾经活着的真正意义。

也许只有彻底感知时间，才能打开自己一生中的许多经历闭环，才能让所有记忆按照自己想要的逻辑顺序编排，在胶囊空间里成为永恒，从此人们在思念的时候不再痛苦。比如当我思念一个人的时候，我会因为过度思念而失去了对他面庞的记忆，我会突然忘了他鼻子的弧线、睫毛的弯度、眼睛的轮廓。

　　这些都是人的意识有限导致的，我们只有借助外力，让我们的记忆更加丰盈，我们才不会忘记。直到我们到了大限之日，也终于可以做到：

　　　　我们寻找，迷失，却从不停歇，

　　　　我们爱了，忘了，却从不告别。

　　　　在每一个看似没有因果的闭环中，都藏着一个让我与过去和未来相识的地点。

打开时间，

体会无限。

罗林用自己年轻又无畏的心做到了，她用自己的肉体换来了另外一个世界里的永生和自由。

罗林按照自己的意愿大胆地生活着，改造着自己的命运。罗林用这样的方式把时间真正打开了，从此意识可以无限穿梭在过去和未来，与罗兰相遇，治愈着忧伤的罗兰，然后，罗兰用被治愈的内心去治愈张植念。

在爱组成的世界里面，有无限的浪漫在不停循环。他们在循环里面第一次见面，重逢，相爱，相守，分别。一次又一次地重复着，所谓的意义就是你喜欢做那些重复的小事。

"你确定要这样做吗？"

"确定，当我完成一件重要的事情之后，我会选择将记忆放置于沙漏之中，然后与胶囊空间相连。"

"是什么重要的事情？"阿尔杰博士问。

"当我知道这个机器既可以连接过去又可以连接未来，我大概能知道束晴和我的母亲看到我之后，她们会做出什么样的选择。"

"是的，潜意识推动事件不断向前发展。"

阿尔杰博士以蒸汽机为设计灵感，蒸汽机是将蒸汽的能量转换为机械功的往复式动力机械。蒸汽机的出现曾引起了 18 世纪的工业革命。直到 20 世纪初，它仍然是世界上最重要的原动机，后来才逐渐让位于内燃机和汽轮机等。蒸汽机需要一个使水沸腾产生高压蒸汽的锅炉，这个锅炉可以使用木头、煤、石油或天然气，甚至可燃垃圾作为热源。蒸汽膨胀推动活塞做功。阿尔杰博士将使水沸腾产生高压的蒸汽锅炉用记忆沙漏进行替换，记忆沙漏里面的沙子以不同的速度进行排列和变化，就是按照蒸汽膨胀推动活塞做功的原理，让胶囊空间中的人感受到记忆愿力，在胶囊空间中体验过去和未来。

阿尔杰博士费尽毕生的心血将自己原有的想法，从图纸变成了活生生的现实。这个现实不仅仅可以让平凡的人获得幸福，也能够为那些还未有完美治疗方案的绝症患者圆梦。回到过去，重温那些温暖的时光；走向未来，看病症是否已经有了治疗方案，是不是自己还能够再活一次。

张植念通过胶囊空间看到那时的罗林还躺在病床上，接受最新技术的激活。

束晴问阿尔杰博士，为什么这个技术现在才开始运用，仅仅差短短的十天，为什么不让罗林等一等。

阿尔杰博士的眼神开始躲闪。

日记又开始自动记录。

阿尔杰博士说,重新激活人需要等一年,而罗林的身体最多只能再维持两个月的时间。

罗林的日记里这样记录着自己的生命所剩时间,她是那样的不舍。

束晴发疯了一样撕扯着阿尔杰博士的衣服说:"你为什么不能快一点?你知道一个人跟自己告别的心态吗?让意识告别肉体,让自己和自己大胆而果决地永别,她有多么孤独和决绝。如果再让她多想一想,结局会不会不一样?如果你再努力一下,是不是会有更好的方式,让她留下?"

阿尔杰博士哭了,罗林当时的决心也激发着阿尔杰博士做出这样一个决定。与其冒险让罗林在这两个月的时间里等待奇迹,等待阿尔杰博士的新发明，不如以稳妥的技术让罗林开始时空倒转的新生。

"我们新的发明面临的风险远远大于让罗林尽快在意识清醒的时候完成新生轮回。意识永生，将意识植入沙漏装置，从此解放肉体，让意识成为主导的神明。"阿尔杰博士说。

随后，罗林世界里的时间是这样流动的——

倒流，逆转，回到最初。

"那是和你刚见面的日子。"阿尔杰博士感慨道，"罗林的父母也是这样得到了心灵上的救赎。不是所有人都能够对命运的残酷安排泰然处之，但是我们拥有解决问题的新方式、不妥协的人生态度。"

"现在，你带我去见罗林，用时间沙漏装置，就现在。"束晴瞪着红红的眼睛对阿尔杰博士说。

束晴将意识与时间沙漏装置的后部相连,随后进入了胶囊空间,她的全部意识开始被沙漏装置重新整理、输出。

　　她和罗林的回忆如同走马灯一样在脑海里浮动,未来的画面也一并涌现,束晴进入了时间沙漏未来的那一端,两边平衡,罗林的未来里也一定有自己。她想。

夏日雾语

"罗林,罗林,快醒醒。"罗林的母亲张植念看着罗林的手指动过之后兴奋地开始摇晃罗林的身体。

罗林的眼球在紧闭的眼皮里转了转,问身边的人今天是几号,医生说现在是 23 号深夜,大家一直在抢救她。

"为什么我还拥有肉体?"

"阿尔杰博士联合其他顶尖科学家再造了适合你的肉体,一个健康的、至少可以用上数百年的肉体，不让你的意识孤单地在沙漏中永生，这些都是束晴为你争取来的，她和阿尔杰博士一起寻找科学家，在这个过程中她确实做出了很大的牺牲。"

罗林问："束晴呢？"

大家面面相觑说，束晴为了验证这个实验的可行性，将自己作为试验第一人，并将身体保留，十年之后才能相见。

那个时候，束晴在看完罗林11号的日记之后决定去追逐她的生命历程。

数字日记开始显示束晴的意识特写：

"在你走过的生命长河中，我想在你身后，终有一天我们可以打开时间，再一次重温我们美好的少年时光，那些没有做过的事，那些大胆爱过的人，我们在时间沙漏中无限循环。

"意识的存在是因为有内容可以交互，唯一能够让意识持续交互并保持兴奋的东西是爱情。所以在意识永存的过程中，我们都需要一个长久的、可信任的交互对象。"

束晴对阿尔杰博士说："开始吧，提取我的意识，放置在有罗林意识的沙漏之中，我们要一起感受时光倒流，她是第一号勇士，而我会成为第二号，这是我们的使命，也是我们最平凡的荣耀。"阿尔杰博士提取了束晴和罗林共有的记忆部分，在沙漏中，在倒转的时光中将温暖而细碎的回忆一幕幕上演。

张植念又有机会看到罗林的一生，她年轻的一生一次一次在胶囊空间中治愈着父母，影响着未来的医学和科技的奇迹。

束晴的另一部分鲜活而美好的人生记忆，随着沙漏的运转和交换迁移到罗林的大脑里，罗林脑海中的意识地图被束晴点亮了,罗林带着美好的少女时代的记忆重新复活。

阿尔杰博士将罗林的身体加以改良,完美和健壮的身体可以不断地延长生命周期,期限不仅仅是数十年。罗林慢慢适应着新的身体,她耐心地和自己的身体对话,每次要让自己的四肢做什么的时候,都会在意识里默念:加油,把牛奶杯拿起来吧;加油,这次右脚先迈出第一步。

十年之后,罗林的身体趋于瓦解,束晴再一次进入阿尔杰博士的胶囊空间,将沙漏倒置,束晴将意识置入时间沙漏连接器,用健康的身体再一次给了罗林意识。

罗林没有死,她在倒流的时间中永生,沙漏里的沙子流完之时,会再倒过来,周而复始。

在罗林二年级的时候,老师让同学们写自己的梦想,不出所料,许多孩子都想成为科学家。而老师觉得，只有罗林可以。她是所有人心里的"神童"，两岁便开始"蹭课"，一年级时就会做六年级的题目，甚至还教会了几个同学。

小学跳级时，离开的前一天，罗林和全班同学一起拍合影。别的小朋友都规规矩矩地站着、端端正正地笑着，只有她咧着嘴、轻快地眨眼，对摄影师说"你也要说茄子"，还从来没有人在拍照的时候让摄影师笑。她就是这样一个有趣的人。

她好像是有自己和世界相处的姿态，又或者是和世界分享了彼此的秘密，所以活得特别恣意。

长大后的罗林，果然成了基因测序的科学家。与此同时，她还是博士、潜水第一人、多语种翻译者。她成了国际联合会科学家协会会员，立志要"帮助所有对科学感兴趣的人公平地领略科学之美妙"；她还开了名为"宇宙之外"的专栏，分享着自己超级专业的潜水经验。

在她的海外专栏上,她说,潜水原本是自己逃离世界的方式,而如今,却痴迷于这个重新发现自己的路程。

"天哪,原来去世的潜水员就是罗林!"有不少人在网上这样说,然后陷入更沉痛的哀悼——

"原来,我早就读过她的文章。"

"原来,我曾经看过她的文章、曾经读过她的翻译;我曾经透过她的眼睛,看到这个世界最美的秘密。"

曾经她是那样鲜活地存在着。

在罗林下水的前一天,她在网络上发了一条信息,表示自己因为感冒而无法下水的遗憾。她大概是真的对这片水域抱有极大的好奇,于是在第二天,身体稍有好转,就决定下水。

这个神奇的水域,原本是有着长约七十公里的水下建筑,随着国内最大水利枢纽工程的完结,这一段"长城"从此长埋于水下。

既感慨生命脆弱,又觉得上帝对向往自由的人的不公。

张植念看着罗林的人生,经过倒流、逆转之后,找到了让最简单的快乐永存的意义。

这是另外一种生命的延续。

阿尔杰博士对张植念说:"现在你都明白了,也明白了爱的意义,他们没有死,你的爱人和孩子都没有被'杀死',他们以另外的方式永远地活了下来,他们有意识,他们越来越快乐,希望你也是。"

12

冬去春来

阿尔杰博士送走了张植念，走进实验室。

他轻轻敲了敲二号实验室的门，看到罗兰的胶囊空间背后的超级计算机正在运行之中，它时而发出机器由于计算量大而发出的散热的声音，时而安静地默默运行，充满节奏感，好像一曲生命的交响乐。

而这交响乐的作曲者就是罗兰自己，直爽性格的、炙热的脾性和澎湃的生命态度让阿尔杰博士动容，对待生命，潇洒慨然："如果有一天我们为爱而死，那才是最浪漫的事。"

阿尔杰博士透过胶囊空间里面的对话系统对罗兰说："你都看到了吗？"

"看到了，她们按照我的意识和思路在过去的时间里面追溯着，一开始我是观众，她们一生的故事，在大幕拉开之后，在我眼前徐徐开始。也许在她们的意识里时间还未开始，但是在我眼前已成灰，我用胶囊空间一次又一次地重生。等到她们主动开启交互的时候，她们的时间比我先成为灰烬，我的火焰，正在开始燃烧。我们在人生的长河之中追逐，相爱。"

"你愿意和我分享你看到的吗？"阿尔杰博士问罗兰。

"当然，我让我的意识开始于与张植念相遇，所以我选择了我们第一次相遇的场景，我看到了她，所以她才会注意到我，我用心构建了很多场景,我原本没有对世界如此地感兴趣,我的热情对于世界可能就是如此,想象是唯一可以转移自己意识的途径。人类意识可以在另外的世界中生存,与他之前厌恶的一切隔离,世界上的人越来越需要情感的联络,每个人都不喜欢孤独。

"我看到了张植念,确切地说是我让她看到了我。

"在胶囊空间里,我的回忆刚刚开始第一幕。"

"下一幕呢?"阿尔杰博士问,"你希望见到什么?"

"美好的回忆。什么是美好?都已经是回忆了为什么还觉得美好?难道不是一种怅然若失的心情?"

罗兰继续给阿尔杰博士展示他意识中的画面。

阿尔杰博士说:"这是你的决定,然后再造了一个领养了三个孩子的记忆，可是这个记忆并不持久，留在你和张植念意识中最深刻的还是你和张植念的孩子罗林，那个拥有勇气和梦想的女孩。"

"我知道再造意识会永久地损伤大脑，会让我出现世界上罕有的、在青年人身上出现的阿尔茨海默病，但是我依然一往无前。"

"是的，这是你爱的力量，是支撑你做所有决定的关键动力。"

"我在胶囊空间里用潜意识作为工具，推理了罗林的未来。"罗兰说。

"我用你推理出来的未来为她建立了新的人生结局，在你和张植念的意识中，在你们共同拥有的未来里。

"我会重新为罗林的世界构建更加逼真的场景，让你们都沉浸其中。"

阿尔杰博士构建的奇幻世界是无比神奇的，图像会在一定的时间内增多，为了让生存在其中的意识个体达到某种探索的目的，或者说让这些意识不再怀疑自己"被欺骗"了，从场景的角度反思人们通常所理解的"正常"，阿尔杰博士设计的奇幻世界里还包含了另外一种意图：这些虚拟环境可以把人们带入一个幻想世界，把普通的提升为非凡的。

最后轮到了胶囊空间里的罗林，她重复着意识并对阿尔杰博士说："请让张植念在崭新的回忆里与我见面吧。"

"好，我们现在就去。"阿尔杰博士说。

罗林在心中对张植念默念着："我此刻谢幕是为了参演你的未来，你终有一天会明白。"罗林微笑着闭上了眼睛。

创作谈

打开时间,回到未来

/ 崔小芮

　　去年此时我正在经历人生的至暗时刻,只不过一年的时间就这样将回忆与现实一分为二,我一边庆幸,一边感恩现代医学。

　　当只能保持一个姿势仰望天花板时,我听完了喜欢且一直无暇开卷的科幻小说广播,那个浑厚磁性的男中音从第一集一口气讲到第一百集,倏然觉得时间无限漫长,这是从未有过的体验。每天要做的事情就是数着秒针一点点向前挪动,看着沙漏里的沙子一颗颗依从着重力向下不断滑动。

那些日子让我感受到了什么叫"我们要允许一切发生，也要接受任何的结果"。

即使一座宇宙的寿命可以预测，宇宙中生命的多样性也是无法统计的。我们的建筑，我们的美术、音乐和诗词，我们各自的生命，没有一个可以预测，因为这些都不是必然，因为我们的存在本身也是一种偶然。

当我重新提笔，重新思考，大脑就是一个高效且高维的检索工具。深度思考故事的时候需要不断地在大脑中提取现实素材和灵感元素并创建场景，这有点像一种高效的近似最近邻搜索算法，回忆最美最难忘的场景的过程就像将高维向量分解成多个较低维度的子向量，每个子向量的码本可以视为查询码本，在搜索时，待查询的向量也被分解成多个子向量，并与每个子向量的码本进行比较，从而得到候选集合，形成了自己的作品。去创造吧！我不断地对自己说。

等待、觉醒、迎接，让灵感自然而然地散发，一个汗毛竖起或者让人惊呼"杰作"的顿悟瞬间正在路上。时间是非线性发展的，看似线性同样是命运齿轮里潜藏着一个又一个的小机关。每一个决定都是向死而生，数学和语言都是美妙的逻辑。多做让你感动的事情，即便你再忙碌，也要如同追求一场酣畅淋漓的游戏。如此，才能体会到心流的奥义，所有的欲望与沉思，还有宇宙中缓缓呼出的气流。

我们得以存在，就是奇迹；不停歇地思考，便是乐事。

愿你安心，接受生命里所有的馈赠。

信、望和爱

/ 赵凯

"我多么渴望知道你对我的看法，那个曾经如此独特的你。

"也许你还想着我们的苦难，而今你已坠入光明的深渊，陷入无尽幸福的海洋。"

上述文句来自 12 世纪的法国，圣伯尔纳在一次布道中怀念他的兄弟热拉尔所言。人们往往在生离死别到来的时候，会兴起探求的念头：

——你去了哪里？你是如何想念我的呢？

意象从此产生了。

在科技已经全方位挤占万物，进而统治人类

意识形态的今天,我们有幸(或不幸)地发现,这种敲破人与人之间的藩篱,直面对方情感世界的念头越发炙热了。

只不过,在神灵被祛魅以前,人们想的是,比如,在天上的某个地方有一个死去的圣洁者的"安息之城",或者,不灭的灵魂会利用各种可能的机会"托梦"而来;而今,招魂术有了新的"外套",各种眼花缭乱的科学名词:阿西莫夫的"穹隆",诺兰的"盗梦空间",沃卓斯基的"母体"……哦,对了,还有《流浪地球2》里提到的"数字生命计划"。

从古至今,人类一直笃信,从记忆深刻的片段中绵延出完整的人生——甚至重建一个世界——是可能的。人类一直相信记忆是一种强大的工具,可以帮助我们构建关于自己、世界和经历的连贯故事。当然,在 19 世纪到 20 世纪社会学、人类学和语言学具体的探讨下,记忆已经不再被简单看作个人经历的记录,更是整个人类社会文化、历史和社会传承的一部分。也就是说,可以像《侏罗纪公园》那样,从被封闭在树脂晶体中的蚊子血液里提取出来的 DNA 编辑出一整只恐龙。

反过来说,主动保存、上传了记忆的人,也不能决定他留存的都是美好的回忆。即便他想给别人留下美好的回忆,也会被通过侦探般的方式构建一种全貌。

接下来的一步,在文学里,就是用一种关键的工具,走入这座活着的记忆之宫。

比如崔小芮在小说《蓝色沙漏》中使用的"胶囊"。

然而我好奇的地方在于,如果记忆被共享给他人,那么这些人可能会用他们自己的方式来解释这些记忆。这可能涉及他们的立场、意图和目的,从而影响对记忆的理解和呈现。

也就是说,在这个胶囊的两端,无论保存记忆的人,还是读取记忆的人,都无法决定这座记忆之宫具体的样貌。想通过现代"招魂术"来直面对方的设想,恐怕依然很难实现。

除非……

一、他们确知,存在一个进入宫殿的入口。

二、他们相信,无论宫殿是什么样的,都是他们所要的。

"我面对的是一个悖论,"克尔凯郭尔曾经这样表达他的焦虑。而他的解决办法是"信仰的飞跃":人生如同站在悬崖边上,要么站在悬崖边感受恐惧、焦虑、战栗、绝望和忧惧,要么勇敢一跃,相信能够跃向彼岸。

只有相信的人,才会勇敢。勇敢的人,才配得上希望和爱。

再听已是曲中人

/ 徐博

关于时间，不问则知，一问则不知。

——奥古斯丁

"你根本就不懂我"，这想必是每一对伴侣间都出现过的话。一部科幻小说的开场"乱入"一部言情小说的桥段究竟为何？笔者抱着这样的疑问开卷。

随着主人公（权且称之）张植念、丈夫罗兰、女儿罗林、博士阿尔杰、女儿的好友束晴等角色接连登场,意识上载、回忆重置、阿兹海默等概念陆续推出,心灵治愈、肉身局限、生命意义的主题渐次浮现……一篇引人入胜的佳作才完整地呈现在笔者眼前:意义的获得与失去、生命的记忆与遗忘、意义的构建与崩解,每一个元素都能触动人心,引发深沉的悲伤与思考。生物技术的边界、精神肉体的统一、科学伦理的底线同样可以激活深入的思考。但作为"始于惊奇"的生命,笔者尤为好奇两个问题:

一、张植念如何治愈逝者的心伤?

二、阅读者怎样走入作品的思想世界?

这两个平行的追问在作者的叙述中逐渐交融和汇聚,与人类"同与异"的永恒追寻相互产生共鸣。

解开谜题的钥匙,是"叙述"。

人类是天生的叙述者,这可能与人性的根本

意识紧密相关。

　　人人皆有梦境,而人类的梦境往往具有强烈的叙事性,其中的事件通常不是孤立发生,而是按一定的时间、空间和因果关系组成序列。人类有意识的叙述活动利用了这种潜力,形成了人际交流的重要工具,以此寻求人与人之间的理解乃至共融。

　　但人异梦殊,将"感同身受"反向来解释,"感"与"身"恰好被置于理解巨流的另外一端:人类的感性构筑起人与人之间的藩篱,阻碍着人与人之间当下的相互理解,人类的悲欢并不相通;人类的肉体随时间衰老消失,限制着人与人之间未来的共存共荣,子欲养而亲不待。

　　张植念的生命在"感与身"的夹缝中挣扎着,困在"被抛弃"的深渊中:丈夫罗兰一反常态离开她,抛弃二人的感情;女儿罗林先天缺陷,却挑战极限运动，葬身大海……她的人生叙事是破碎的，时间和空间锁住了理解的可能性，她无法理解丈夫的行为，亦难以接受女儿的选择。

胶囊空间成为治愈的空间，良药——记忆，既是罗兰的叙事"诡计"，亦是作者的叙事"诡计"：张植念进入罗兰和罗林的记忆中，进入了罗兰和罗林的叙事中，争吵与不解在重温两人的美好与重现罗林对生命的理解中慢慢融化，失去与困顿经由女儿的情感心路与经历罗兰对生命的思考抉择中渐渐抚平。正如名字所暗示的，她从"执念"中解脱和新生的柳暗花明，正源于亲人通过记忆的叙述为她"植念"。而正如读者所经历的，作者的叙事"诡计"让开篇的阅读亦真亦幻，属于科学幻想的记忆上载、生命永存在人物的叙事中，击中人性永恒的遗憾，释放出阅读片刻的释然。

笔者阅读经历中很少区分"软硬"科幻,而是相信好的科幻小说,乃是以现实所无法成立的极端条件,叩问人性的永恒问题。我们在回答"我是谁"这个问题时,需要赋予"我"一个统一性,这是一个复杂的叙述,甚至偶尔分裂。如萨特在小说《恶心》中,借由主人公罗昆丁(Roquentin)说的那样,没有真实的故事。生活是一回事,讲故事是另一回事。但这一追问的答案,当由实现生活的行动者兼作者共同完成,叙述的对象与作者共同成为生命的合著者。时间沙漏和胶囊空间让我们彼此成为生命合著者,即使没有这个条件,我们面对的追问和取得答案的方式,也可能会被遗忘,却从未改变。如《想见你想见你想见你》单纯而真挚的歌词那样:想见你,只想见你,未来过去,我只想见你。穿越了,千个万个,时间线里,人海里相依。

手账

来源于日本，标准写法为『手帐』（手帐 てちょう），指用于记事的书页